PALACE

Anne Jeanson

PALACE

Roman

5-7, rue de l'Ecole-Polytechnique, 75005 Paris

http://www.harmattan.fr
ISBN : 978-2-343-12017-1
EAN : 9782343120171

À la maison de Pont-de-Metz

Merci à Vincent Roy pour la photo

Merci à Yannick Cauchy pour la couverture

Une heure, toujours personne.

Normal. Arriver avant, ça craint. On le sait. On est aussi codé que les bourgeois.

Il ne faut pas que je m'enlise, j'ai un peu bu.

Mes allers-retours frénétiques entre ma chambre et en bas doivent amuser les murs du Palace, mon fief et ses canapés mités, sa crasse familière et ses objets qui retracent pour chacun une histoire dûment connue de tous ; le miroir du salon fendu par Waldo un soir de Noël, pendant un concert improvisé, quand son micro avait basculé avant d'échouer sur la vitre dont le reflet sitôt craquelé de nos visages nous avait rendus gaiement pantois, la Clio noire qui dort dans la cour, comme un trophée, plusieurs mois après être tombée dans la rivière qui avoisine l'entrée de la maison, donnant aux premiers pas vers celle-ci l'occasion de franchir un joli pont, parce que Tristan ne savait pas encore bien conduire ; ou ce poème de Verlaine punaisé au mur du salon, *Es-tu brune ou blonde ?*, arraché d'un livre de la BU par Vanille quand elle sortait avec Guizmo et qu'il l'avait trompée, le tapis en feutre du hall, qui subsiste écrasé sous nos Doc, ramené de Mongolie par Goyave et Nono le fameux hiver où il avait tant neigé, une lampe en ferraille offerte par un artiste de passage, mort depuis ou encore cette commode Ikéa donnée par les parents de Kader au tout début, quand la maison était encore propre. Une commode qui a connu le début.

Ça y est. Ça arrive.

C'est parti, c'est parti la vitalité. Vitalité pressée de vivre mais vivre c'est quoi, vivre c'est m'engouffrer là, maintenant, parce que quoi que je veuille, quoi que je veuille moi, moi Lise Berger, mon élective famille dont je suis pourtant si loin m'enivre. M'enivre depuis dix ans.

Je vais une fois encore basculer dans l'éclosion, lâcher prise dans le grand tourbillon des amis qui frétille, me laisser porter pour essayer d'exister.

Dans trente minutes ce sera bon. Je mate les disques, chope un briquet, fais la bise à Lulu, décapsule une bière pour la tendre à Olive, ramasse un verre qui traîne au sol, bonasse à tout faire, pourvu qu'il y ait du monde et que ce monde ne tienne plus debout, tiens la porte pour laisser entrer Vanille et Seb. Je sors tout sourire et me dirige vers le noir d'un chemin, celui qui mène au local. Je fais genre je vais chercher mon blouson oublié là-bas.

Le plus important, c'est Goyave.

Comme dirait Bonnie Parker, c'est pour Goyave que je tremble. C'est pour lui que je suis là, depuis sept ans. Pour appartenir à son monde, fidèle et inflexible. Fille pas loin, un peu là, groupie emblématique, comme il faut : pupilles rimbaldiennes, cernes d'insomniaque, patchouli, chignon accidentel, frange qui me fait juste entrevoir le monde, marcel déglingué, ongles rongés, présente dans tous les plans, dans tous les souvenirs. Dans l'Histoire du groupe.

Je me souviens, j'ai dix-sept ans. J'arrive dans un nouveau lycée. Je suis perdue au milieu de la cour, défiant un avenir qui ressemble pas à grand-chose. Je tourne, je sais pas où aller, j'essaye de me repérer. En tournant sur moi-même je devine au loin un bâtiment plus agité que d'autres. En m'approchant de quelques pas j'aperçois une bande. Une bande de six garçons. Pas un moins beau que l'autre, cheveux en liberté. Leur puissance clanique m'aimante, leur suprématie me regarde. Ils sont nombreux, ça n'arrête pas, de un jusqu'à six.

On va pas s'ennuyer, je me dis. C'est eux mon avenir, je me dis.

Je marche vers eux en essayant de m'en foutre. Je m'en fous, je m'en fous, je m'en fous. Je n'existe pas, j'existe si peu de toute façon. Je ne prendrai pas de place, je prends si peu de place de toute façon. Alors que je me dis tout ça, c'est malgré tout vers eux que mes

Converse me dirigent. Celui que je vois en premier se lève, pose sur moi un regard historique. Les autres suivent le mouvement. Je me dis ça réagit.

J'entends par l'un d'eux que celui que j'ai vu en premier s'appelle Goyave.

Dans un mouvement de tête, le fruit tropical m'invite à les suivre.

Je suis.

Après le Bac on a décidé d'habiter ensemble, et, dans une bâtisse sur cinq étages située à la sortie d'un village à deux stations de métro du quartier de la vieille ville, on a créé sans le vouloir un lieu palpitant.

On était inscrit à la Fac mais ce qui primait avant tout était le mouvement de vie que nous observions les yeux écarquillés se façonner de soirées en soirées, de bouches en oreilles, d'amphis en bistrots.

Un truc politique.

Dans cette maison dont les murs allaient vite se dégrader et les loyers cesser d'être payés, s'est mise à s'étendre une faune féconde, vorace, qui mène des manifs, signe des pétitions, boit jusqu'à plus soif, héberge des sans-papiers, fonde des associations, des groupes de musique à gogo, voyage, séjourne en garde à vue, transpire, va et vient dans la ville, forte d'une identité claire et obscure, alternative et visible, connue, cachée et fière de l'être.

Des zigzags rieurs à quatre grammes vers la cave pour fuir le proprio aux pertes de repères dans la cour pluvieuse, de bastons pas graves aux émouvants pogos, enchaînés aux corps multiples de Chris, Kader, Nono, Frida (récupérée sur le bord d'un sentier près de Fréjus alors qu'elle marchait sans but et qui ne nous quitta plus, l'été au cours duquel nous avons baptisé la maison), Triton, Maurice et Goyave, pénétrables aux cris de Beastie Boys, Daft punk et sa Révolution 909, Idiothèque, désinvoltes et n'ayant l'air de rien, envoûtés du matin au soir, boîtes de conserve, on s'en fout de manger. Le sens de la vie à plusieurs, pas moins, unis par la promesse de ne jamais lâcher prise avec l'irrévérence, seul gage à nos yeux d'une jeunesse éternelle.

J'ouvre la porte du local qui ne ferme plus très bien. On n'a pas changé les ampoules, je ne vois rien. Je tâtonne le long du couloir et je me dis tiens, c'est comme ma vie. Je ne sais pas vraiment comment j'avance mais j'avance. Je végète dans du temps qui file et ne sert à rien. Ça dure depuis si longtemps. J'attends le déclic mais qui provoque ce déclic? Moi ou le destin?

La clarté fugitive que répercute le lampadaire côté rue m'éclaire et me désengourdit. J'entre dans la salle de répé. Au milieu des guitares, tables de mixages, djembés, micros et batterie volette de la poussière d'étoiles.

Je cogite en cueillant de son appui la guitare de Chris, c'est lourd la vache. Deux notes suffisent à me lasser. Je la repose. Je saisis le micro, prends place, me décoiffe un peu avant d'envelopper indolemment d'un regard la foule qui devant moi m'acclame. Je suis Tracey Thorn le temps du morceau *Everything But The Girl* de l'album *Protection* de Massive Attack.

Mais personne ne m'acclame. Je pue, mes cheveux collent, je suis crevée et sans appétit. Je crois que je suis profondément triste, alors je remets le micro en place avant de venir m'allonger sur l'un des divans qui font face à la scène. Je ne suis pas venue chercher mon blouson mais un peu de silence. Serais-je mieux ailleurs qu'ici, ici qui grouille d'un monde où l'affluence est reine, où le groupe triomphe, ce groupe qui me regarde depuis dix ans étouffer dans mon hermétisme, effacée, évaporée, ne parlant même plus, insignifiante jusqu'à plus rien ?

Qui serais-je si j'étais ailleurs qu'ici, ici qui m'emporte dans l'océan de l'Amitié-pour-toujours, ici qui me rend forte et renforce ma certitude de viser plus haut, plus fort, en tout cas moins banal que le lot ordinaire ?

J'aperçois qui dort au pied du divan mon blouson roulé en boule. Mon blouson-fantôme.

Je repars moins hésitante le long du couloir sombre.

Goyave a dû arriver. Il revient ce soir de Brighton où il a passé une dizaine de jours à tourner des passages du clip du titre *See from now* pour la maison de disques que Will et Peter ont créée il y a deux ans et qui produit déjà des gros noms dans la région.

Je cours vers la maison que je trouve pleine à bloc. Je jette mon blouson. Le bruit et l'odeur de transpiration, mêlée à l'ambre, l'encens et les bédos qu'adroitement une personne sur trois roule, me décident.

Dans le vacarme propulsé par Fakir et sa platine magique, mon regard ne vise personne et mon corps se jette à l'eau. Je fonce de bras en bras, dans une chorégraphie qu'on connaît tous par cœur. Je deviens matière, me nourris du bruit, de la couleur et du rythme à mesure que Pearl Jam me vampirise ainsi que mes trente millions d'amis.

Poreuse, j'absorbe le charme de l'autour. Dans la cour est dressée une table. Bougies, fromage et came. Défonce et volupté s'enfoncent lentement, des ronces jusqu'aux anges. Toutes les nuits se ranime le parti pris de regorger de jouissance, s'en mettre plein la vue pour ne rien regretter.

Goyave s'attaque comme il faut. Il est assis, entouré. Il y a du monde. Les voisins sont là. Frère et sœur aux prénoms contrastés, Marie et Jimmy, vingt ans et quinze ans, font partie des lieux depuis le jour où Triton est allé leur parler alors qu'ils étaient occupés à pister des Pokémon avec leur IPhone dans la cour commune. Ils sont à distance, respectueusement fascinés par nos frasques. Ils jaugent de leur fenêtre si le climat n'est pas trop énervé, si Goyave, Triton ou

Frida sont là et viennent. Depuis un an, on les voit moins souvent.

J'entends de loin que Goyave raconte Brighton. Je m'approche, prétextant chercher mon verre. Les anecdotes de Goyave sont des choses qu'on ne loupe pas, parcelles précieuses de sa vie qui se croustillent, se transmettent religieusement les uns aux autres et rendent l'ignare déshonoré. Il raconte qu'un soir il faisait des ricochets sur la plage avec Léo et d'autres types et qu'à un moment le caillou plat qu'il avait réussi à faire rebondir trois fois sur l'eau a accidentellement atteint l'œil d'un mec qui sortait de la mer à ce moment-là, que le mec s'est mis à pisser le sang, qu'en gros c'était la crise du stress, crise de rire aussi, qu'il est allé s'excuser auprès du mec et que le mec était quand même un gros méchant qui lui a hurlé plein d'injures anglaises et que du coup ils se sont barrés.

Pendant qu'il raconte, il cherche mon regard. Il cherche à ce que j'entende. Il mate de loin mes bras revenus sous les sunlights voler comme les ailes d'un oiseau (mes ailes intranquilles, dommage, je pourrais voler si haut), m'observe tout en badinant, du coin de l'œil, à la volée, transpirer jusque l'anesthésie, happée par les corps virevoltants en faisant comme si je voyais pas qu'il me matait.

Mon histoire avec Goyave ne voyage pas plus loin que dans les bruissements de ma fabulatrice intériorité.

Loin de moi de frotter ça au réel.

Le risque platonique ne risque rien.

Alors parfois il nous arrive de nous enlacer sous un ciel pluvieux face à l'hôtel du Nord ou qu'on marche dans des parcs où des glycines frissonnent. Qu'on bourlingue sur les rivages ou des flancs caverneux, qu'on observe les canaux dans des villes orientales, qu'on parte pour la Chine les yeux fixés au large, qu'on pénètre dans des grottes et des forêts obscures, qu'on devine dans la brume de grands palais antiques, qu'on fasse signe aux vaisseaux s'en allant sur la mer sous des paraphes d'éclairs dans les brouillards rouges.

Je braille dans le vide, accessoirement dans les oreilles de Kader avec un geste tendre qui n'est dû qu'à la chaleur de la nuit, réponds à la question si j'ai aimé la reprise d'Archive à L'Embuscade hier soir. La puissance des riffs absorbe la pauvreté des conversations, conversations que j'affronte quand je n'entends plus rien. Il est hilare. T'as sniffé trois stères de weed ou bien, tu sais que t'es con, l'Embuscade j'y étais pas, moi j'y suis dès que ça ouvre, pour contempler Eleonore Shine, cette meuf tu sais qu'elle a passé des années à la communauté du Verger avant de changer de life pour aider ses vieux à payer leurs dettes en faisant la barmaid ici, trop le seum.

Je sors dans la cour et vois dans les brumes éthyliques le paysage chaud de l'Amour Commun ; je saisis des morceaux de pain que je picore pour me donner la contenance nécessaire pour éviter de parler. Je vais, je viens, je suis dans un mouvement permanent. J'épouse en bonne épouse les remous, blagues et rires, les recueillements institués quand passent les morceaux préférés de Triton.

La nuit est installée tout comme nous autour de cette table, semblant presque friande des vins et des vannes fraternelles qui abondent et apparaissent à mes yeux comme un sursaut d'avant.

Avant quand je savais le nom de tous ceux qui se baladaient ici. Avant, quand il y avait, en plus de ce parfum au charme illicite jusqu'ici inaltéré, un hédonisme confortable façonné par l'effort de quelques-uns et dont le délire était ni plus ni moins que d'habiter, vivre, rester ensemble. Réussir à ne pas se perdre. On passait des journées déguisés, on s'embêtait un peu pour la bouffe, on s'offrait des cadeaux. On tirait au sort un destinataire et on faisait Noël n'importe quand : j'avais reçu de Chris une initiation à l'accordéon. Je me souviens que j'avais offert à Vanille un gâteau à la vanille que j'avais réalisé à la sueur enfarinée de mon front. J'avais eu une année, de Triton, un cd de Thievery Corporation.

Notre *je* était déjà un *on* mais un *on* familier, le *on* déjà routinier de l'époque lycée. Celui, sans Frida encore, des milliards de weekends à « réviser » le Bac en perdant sagement nos points de vie dans les caves des parents, celui des piqueniques bucoliques près du lac à glousser comme les canards ou dans des trains ronronnant vers Varsovie, cramer la thune qu'on n'avait pas dans des concerts ou dans des bars.

Depuis qu'on est dans la Maison, on est resté tellement cool qu'on s'est laissé déborder, Goyave proclamant au monde dans son habit de mentor : je vous invite au royaume de la fête, c'est nous qui régalons !

Et qui trinquons.

Depuis que le Palace rayonne sous un éclat de démesure, mes âmes-frères s'éloignent.

Je cherche du regard mes co-fondateurs. Chris doit se griller le cerveau avec Triton dans un coin, Kader danse en pensant à Eleonore Shine, Nono est là, avec Goyave, au milieu des rires, Frida fait des space cakes en rangeant la cuisine et Maurice n'est plus vraiment là. Il se barre dans deux mois dans une des communautés de Malonne-Gaï, dans le Lubéron, rejoindre Fabi et Lolotte qui y sont, elles, depuis deux ans et qui tripent.

Malonne-Gaï est une coopérative agricole autogérée et pacifiste.

Ces deux frangines, filles de médecin et habillées en punks, végétaient à la Fac sans foutre grand-chose. L'incapacité de Lolotte à répondre à ma question en quoi était-elle inscrite m'avait fait rire d'ailleurs. Elles avaient entendu parler du Palace, étaient venues et sont restées un an. Puis elles se sont progressivement mises à désirer et manquer de quelque chose. Je les voyais errer, à la fin, à la recherche d'un sens. Fabi fumait, fumait, fumait pendant que sa sœur écrivait les paroles des chansons pour *Anorak*, le groupe de Chris à lui tout seul, dans lequel il chante, sample, rythme, instrumente et nous envoûte.

Puis elles ont réfléchi, au petit matin de leurs vies où tout se jouait. La Fac pour trouver un boulot pour avoir une vie dépendante d'un salaire pour devenir avilies par la conso non merci, la vie de couple vu l'hécatombe de leur père divorcé trois fois et toujours malheureux non merci, la vie toute seule non merci, la vie à plein pourquoi pas, la vie à plein qui vivote bof, la vie à plein avec une conscience collective, un projet fort, en pleine nature, aux côtés d'un potager, de brebis, poules et ruches, tuteur d'une colère anti-sociétale rageusement sublimée par la rigueur, les tâches, la mise en commun des biens, l'absence de hiérarchie, la solidarité, l'application de l'égalité, le dialogue. Un projet sans cesse énoncé, contesté, discuté autour d'une table en bois fabriquée par ses soins au milieu des crépitements sauvages du ciel et de la terre, qui soit à l'aune exacte de ce qu'elles ambitionnent, d'accord.

Filles respectables, filles maîtresses de leurs destins.

Dans l'étourdissement général je fuis pour laisser intacte ma certitude que ma vie est comme un clip de Justice : trop hype.

Je monte à pas titubants me coucher pour laisser le n'importe quoi éloigner si bien mon bunker intérieur. Malgré tout, quand j'entends derrière moi le long des marches pleurer Portishead, je sais que demain sera dur.

Je croise Julie et Vanille dans le hall.

« Ça gaze… ?

– Yes.

– Vous faites quoi ?

– On cherche Tafi.

– Why ?

– Y en a qui disent qu'il est parti tout défoncé avec Sabrina et Tao se faire un plan à Bruxelles.

– On essaye de le joindre, ça répond pas.

– Ils sont partis comment ?

– Avec le camtar de Buzz.

– Et le tecknival du coup demain ?

– Quoi ?

– Bah les tentes sont dedans.

– Ah ouais... On dormira dans les caisses…

– Ça saoule. »

Je passe mon chemin parce que quoi que je dise les gens s'en foutent. Je monte jusqu’au deuxième, m'engouffre dans ma chambre, première à droite.

Enclos vide.

J’ai tout dans la tête.

Un lit, une table basse, un écran posé sur cette table et quelques patères accrochées au mur, sur lesquelles j’accroche tout.

J'attends dans le silence.

J'écoute à la porte. Je suis seule. Je sors et me dirige vers la salle de bains. Au milieu des pots et tubes de crèmes usés je vérifie face au miroir noirâtre, et même si m'insupporte ce cirque de m'y regarder dans le but pathétique de plaire pour qu'on m'aime ou encore d'élaborer des stratèges pour avoir la tête de quelqu'un qui surtout s'en fout, s'en fout, s'en fout sinon ça fait trop fille, comment était, ce soir, ma grâce fragile.

Je bloque la porte qui ferme mal avec un tabouret. Je me déshabille. Je snobe du regard mon eczéma de contact, localisé sur le cœur, qui me pourrit la vie. Mon cœur me démange et me tiraille. Le cœur c'est l'amour et l'amour c'est l'autre. C'est comme si je n'avais pas accès à l'autre et je ne sais pas pourquoi. .

Je reviens dans ma chambre. Au pied de mon lit attend une thermos dont l'eau infusée de pétales de coquelicot est prête à être bue. Opium de ma narcotique existence, chimérique étreinte entre moi et moi seule.

J'aperçois un lecteur mp3 sur mon oreiller, avec une paire d'écouteurs amputée d'une oreillette.

C'est quoi ce truc ?

Je mets à mon oreille l'oreillette de la paire d'écouteurs amputée, appuie sur play, écoute et entends le morceau « Dream A Little Dream of Me » des Mamas & Papas.

Je souris. J'écoute. En caressant le mp3 je découvre un post-it collé derrière. Je retourne l'objet et lis « Fais de beaux rêves mini-fille ».

Je m'allonge en forçant les muscles de mon visage à dé-sourire. Ça marche pas. Je pense à la Guerre. Ça marche toujours pas. Je sais même pas où c'est la Guerre.

Qui est capable d'aimer à ce point sans rien dire ?

Je ne m'endormirai pas avant d'avoir qualifié cette histoire.

Une amitié poétique.

Voilà.

Voilà ce qui nous lie avec Goyave.

L'étoffe que je pressens usée entre mes doigts réveille en demi-teinte ma nuit sans repos ; l'étoffe d'un débardeur mais aussi l'odeur grisante de lavande et de dreadlocks. Frida dort dans mon lit. Elle et Chris. Je réprime à nouveau du mieux possible l'excitation jubilatoire qui me saisit. Mon lit est souvent la chose simple qu'on s'approprie quand il y a trop d'amis dans la maison.

Je suis émue de voir si près de moi la peau dorée de Frida, son sommeil sous mes yeux. Elle est puissamment belle.

Je me lève discrètement, n'ai pas à ouvrir la porte déjà entrebâillée, descends et me dirige vers la cuisine où ronflent deux chiens. Comme tous les matins, mon cœur bat vite, me gratte et me démange. Il faut que je m'assoie. J'aperçois dans l'angle de la pièce, sur les banquettes et à même le parquet, des corps d'épicuriens abîmés que je n'identifie pas.

Je suffoque. Palpite. Les Chocopops périmés que je grignote n'arrangent rien.

Le corps tremblant dans un rituel sinistre, je sors de la maison, m'engage à pied vers Gambetta, accélère le pas autant que la panique mesquinement m'attaque. Je perds à ce combat à mesure que les minutes passent. Je fuis le combat par la marche pour être dans le mouvement, pour que mon corps, en affrontant l'odyssée en sens inverse des milliers de molécules d'air, s'aère, décampe et survive à l'attaque. Comme si j'entraînais d'urgence par la manche mon corps à sortir de lui-même. Grimaçant de douleur je finis par courir, approche de la place Vivienne où j'échoue recroquevillée à la terrasse du premier bar. Je fends le couloir parallèle au zinc et fonce aux toilettes, le visage gouttelant d'une sueur froide, mon poing enserrant l'incendie eczémateux qui se propage de la poitrine vers mon cou. Je suis par terre. Je fais ces bornes tous les matins pour leur planquer ma souffrance. C'est pas l'heure aux pleurs. Il faut que cesse la crise.

Crise matinale, crise infernale.

C'est jamais l'heure aux pleurs. Je préfère réfléchir. Je me débarbouille. Tout va bien. Harassée mais debout. Je reviens, m'installe à l'extérieur et commande un thé bio. Bio parce que j'ai peur de la mort. Me roule des clopes. Clopes parce que j'ai peur de la vie et que rien ne me console, exposée et clapie au milieu de la place publique.

Je m'attarde pour essayer de calmer ma fébrilité. Je fume dans le vide ces roulées qui enflamment ma sensation d'étouffement. Je regarde les gens en attendant. Les gens sont moches, je n'arrive pas à m'y faire. Leur train-train subi sans qu'ils s'en révoltent m'abat. Mon train-train subi sans que je m'en révolte m'abat. Vingt-quatre ans et demi, pas d'avenir, un chien aboie, les caravanes passent. Mon cœur est fermé à clef. Mais s'entrouvre dès que passent des gens mal rasés ou qui semblent en bordure.

Alors je pense à Goyave. Mon corps glisse quand je pense à Goyave. Nous siestons tous les deux sur le flanc d'une colline. En regardant du dessous les grands chênes, nous parlons. «Ma tête est dans les arbres, mes pieds marchent à l'envers, mes mains attrapent au vol la douce folie des branches», «Perchée sur cette branche tu es exquise». Ou alors nous sommes alanguis dans le canapé de notre appartement. Sur le buffet est posé le vase de mon arrière-grand-mère. Des oiseaux chantent dans une cage immense et de la musique souffle sur les murs. Nous matons des films en pirates avisés, notre cache-œil, notre boussole et notre longue vue, contemplatifs devant les images qui défilent. Après le film il gribouille, je musarde, les fenêtres ouvertes donnent sur le printemps, je fredonne. Sidney Bechet clarinette, le chat se faufile.

Ma vie pour de faux avec Goyave répare quelque chose sans que je sache où j'ai mal.

Je paye. Je respire mieux. Je passe ensuite à La Manœuvre, librairie bordélique qui fait face aux jets d'eau de la fontaine, dont l'éclairage fluctue au gré des labyrinthiques recoins. Appliques, loupiottes ou lustres font planer une lumière chaude. Le piano de Ravel couvre le ronronnement d'une cafetière dont l'odeur embaume les pérégrinations des clients.

Un escalier en colimaçon mène à un palier pour adolescents, dont la fluorescence des poufs laisse entrevoir dans des niches secrètes jeux tactiles et mangas. A côté d'un distributeur de chips les meilleures séries BD. Un autre palier quelques marches plus haut cible les bobos. Autour d'une cheminée d'où émane un vrai feu, une atmosphère londonienne, des pêle-mêle rétro punaisés aux murs de chaux des grands dramaturges anglais. Des fauteuils capitonnés, aux pieds desquels on se sert, dans des paniers, de romans classés par styles (littérature autocentrée, littérature sanguinaire, littérature allemande, etc.).

Encore quelques marches, et on découvre un dernier étage consacré aux étudiants. Plus organisé, avec des rayonnages maintenus par des échelles pour les érudits. Pour les paresseux dont les partiels sont dans quinze jours, un écriteau intitulé : «Ouvrages pour retardataires premier rayonnage à gauche».

J'y vais parce que je partage avec la libraire la même frange et je me dis que deux filles qui partagent la même frange sont forcément amies. Je regarde sa frange, rideau phobique où s'emmêlent cils et cheveux, frange de marchande adorable, seule au monde parmi les cartons, perceptiblement intelligente, même de loin, et même si elle voit rien avec sa frange ; qui déballe livre après livre avec pour chacun d'eux la même émotion qu'une sage-femme, range, étiquette, trie, réfléchit, organise, remplit des cartons, cherche des livres, trouve, trouve pas, réorganise et surtout rêve d'autre chose.

Comme une prédatrice je suis postée. Je fais genre je lis *Les histoires incroyables* de Pierre Bellemare mais je la vois et vois bien qu'on pourrait s'entendre. Amie sœur, amie organique, amie MDR, amie oreille pour quand on pleure, amie qu'on bouscule pour rire et qui se vautre sous les milliers de boules à facettes pendant l'ouverture nocturne de sa librairie. Ce serait ma seule amie hors de mon pays.

Mon pays de cohorte.

Je reviens sans avoir osé. Je marche vers la maison. Il est midi. La crise est finie. Qui a gagné, elle ou moi ? En marchant je pressens qu'un truc important va se passer en rentrant et presse le pas. Je marche toujours vers le Palace d'un pas pressé parce que je ne veux rien rater, je veux continuer d'asseoir une légitimité qui voudrait dire quelque chose comme : «la place est chère, la place est prise : je l'occupe».

J'ouvre la porte qui donne sur la cuisine.

« T'as fait un test ?

– Oui.

– Mais il est de qui ?

– Chris, Tafi ou Goyave

– Tu veux faire quoi ?

– Je voudrais que ce soit l'enfant de tout le monde

– L'enfant de nous tous ?

– Oui. »

Frida est assise et à ses côtés frissonnent Chris, Maurice, Goyave. Des gars et des filles qui passent font couler du café, fument, se grattent la tête.

« -'Lut tout le monde.

– Salut Lise, du café coule si tu veux.

– Alors, qu'est-ce qu'on fait ?

– Ce que Frida voudra.

– C'est flippant.

– En même temps ça peut être cool.

– Toi t'as pas remarqué comment on vit on dirait...

– T'emballe pas, on est pas à la rue quand même, on peut y arriver.

– Une chose est sûre, c'est qu'il recevra plein d'amour.

– Je sais pas si on est prêt. »

Frida se lève, se casse.

Le printemps arrive. Il fait bon. On écoute Cat Stevens, je ne pige pas les paroles du refrain. Debout, adossée contre l'évier de la cuisine, ma tasse à la main, je regarde. Frida et son poids léger qui surgit. Ce sera quoi l'avenir ?

J'assiste depuis toujours, à l'abri des regards, au ballet des histoires autour de moi qui se font et se défont. Les gens s'approchent jusqu'au baiser, se dés-approchent jamais vraiment : on est soudé.

Les buts de ma vie, impérieux et contradictoires, sont que j'apparaisse sur la photo de notre histoire et qu'on me laisse tranquille.

Figurante espérant des liens sans enjeu, des liens pas graves je te file les places pour *Anorak*, qui vient à L'Embuscade, c'est Kader qui a ton vélo, Frida s'est tapé Tristan cette nuit, j'irai cracher sur ta tombe si tu vas pas me chercher ce briquet, La chèvre de Lolotte est malade, elle a sniffé trop de salade, tu ressembles à Cotillard, tu me chauffes on dirait, Tafi a retrouvé le type qui avait chouré le micro, y a des punks partout dans le salon, ils ont mangé les chips.

Relation désengagée, relation logistique, ignorant la saveur des conflits. Ma névrose me barre la route de l'intime, des face-à-face, des choses privées, des confidences, du contact.

Eczéma de contact.

Tétanisée par la possibilité que puisse en moi être découvert un flagrant délit de vide, de manque d'épaisseur, de défaillance, je vis dans la menace des quiproquos, des confusions, des impuissances dans la bouche, à s'exprimer. Terrorisée qu'un mot rougisse, s'écorche ou trébuche.

Je chope une banane pour la manger seule dans la cour où embellissent des plantes sauvages. Je cueille ce qui ressemble à des violettes, feuilles de vigne, pissenlit.

Le nez dans la flore urbaine je les vois nos sept enfants courir après Peter Pan et mille papillons dans le grand jardin de notre grande villa de Copenhague, des épées dans chaque main, des vilains petits corsaires aux escargots décoquillés aux tours du monde intergalactiques, boucles blondes bergamote jardin anglais, poupées de cire ou de son fées clochettes grelots pailletés de miroirs magiques, leurs beaux miroirs à nos enfants.

Je monte dans ma chambre. Mon cœur cogne jusqu'à l'incandescence. Goyave n'a pas de chambre. J'enfouis les fleurs dans son étui à guitare.

Mes feuilles, mon tabac, mon briquet, ma beuh.

Fumer, m’assommer, dormir.

Je dévisage dans mon rêve de l'après-midi des minots baveux dont de la bouche sort la vérité, grimpant avec l'aisance d'un singe sur un bateau de pêche nommé Lumières.

J'ouvre un œil, me lève. Je contemple par la fenêtre Triton et Nono qui, sous les étoiles, se prennent la tête et par là même font honneur à l'objet de la question que Frida porte en elle.

Chris, Tafi et Goyave connaissent le corps de Frida, son grain de peau, sa cambrure, son souffle. Chris, Tafi et Goyave et peut-être d'autres, peut-être plein d'autres. Ses cheveux exhalent une odeur de fleurs qui me maraboute. Ses bijoux ne sont pas ceux que portent les dames mais ceux du désir. Des bracelets lourds, des colliers d'Orient, des bagues ancestrales. Quand on était juste une dizaine et qu'on temporisait les étés sur des plages, Frida enlevait le haut. Elle était raccord avec la politique de partage du groupe. Sa silhouette alignant ses dreadlocks scellées par une pince à linge puis ses seins abricot avait du panache. Ma poitrine à moi, protégée par mon corps de garçon frêle, me grattait trop, donc c'était pas pareil.

Goyave est tatoué. Il a un navire sur l'avant-bras. Il est aussi agité que son navire. Parce qu'il ne sait pas se détendre ou parce qu'il est hanté par le principe de non-appropriation personnelle, tout devant être à tous, de tous et pour tous, il n'a pas de chambre à lui. On ne sait jamais où il termine ses nuits. Il connaît des gens qu'on calcule pas, qu'on ne voit pas dans les soirées.

Il magouille, il gamberge, il traficote. Il est obscur.

Il va à la Fac pour discuter avec des profs, qu'il tutoie, sans pour autant aller en cours. Il occupe des sphères étranges. Il part parfois quelques jours, sans qu'on se sente autorisé à lui demander où il était, requêtes qui menaceraient ses adages sur la liberté de chacun. Il parle bien, il plaît, il pense le monde et quand il pense, le monde bouge. Il donne souvent la parole aux gens mais son écoute est impatiente, il réfléchit mais nerveusement. Il tousse comme un ouf. Il est insatisfait. Il écrit des courts-métrages, joue de la basse dans plusieurs groupes tout en pensant à d'autres choses, déplie des cartes, part en voyage, revient. Il est solaire, charismatique, partout et nulle part, bouclé et super beau.

Et moi quand il est là, je suis immergée par quelque chose chez lui qui protège quelque chose chez moi. Sa tension me détend. Ma tension c'est comme si je la lui filais quand il est là. Démerde-toi avec ma tension, moi je me repose deux minutes.

Il nous méta-regarde, nous magnétise. Il dit qu'il faut qu'on réussisse notre projet de vie ensemble, qu'on aille jusqu'au bout ; que ce n'est pas encore assez, qu'il faut qu'on soit capable de vivre toute la vie dans l'ouverture et l'accueil des autres, dans l'absence de jugement, qu'il faut qu'on se déleste encore plus des contraintes matérielles, qu'on doit se questionner si on est en colère et qu'on doit juste être heureux.

Ce qu'il ne dit pas, c'est qu'il est vert que Maurice se casse. C'est comme si l'émancipation de Maurice le froissait. Maurice est un agneau qui se casse de sa bergerie, s'enhardit aux abords du mythique collectif de Malonne-Gaï avec un gros bédo et le désir d'un environnement un peu plus calme. Il va construire sa yourte, bricoler, nourrir des poules, voir des papillons et jouer de la gratte près des cours d'eau. Maurice s'est pris une claque l'été dernier.

On était passés en juillet pour aller voir Fabi et Lolotte, voir de nos vrais yeux à quoi elle ressemblait cette vie dont il était question à chaque discussion, nous frotter au fameux mode de vie pour lequel nous étions faits, au Saint Graal dont rêvait pour nous tous Goyave. On était partis en train avec Kader, Maurice et Tafi je crois. Vanille nous avait préparé un petit sac de voyage avec deux bouteilles de vodka, du matos et un roman de Bukowski. On était arrivés tout raides. Juce, un mec qui habite là-bas et qui vient parfois au Palace, était venu nous chercher. Il était super jovial mais super sobre. On avait réalisé sur le chemin, en caisse, sur les routes montagneuses, qu'on n'était pas au diapason. Le thème là-bas c'était plutôt la quiétude. Une quiétude vertigineuse dans un sous-bois lumineux protégé d'arbres géants, parsemé çà et là de cabanons et tipis.

Goyave était resté au Palace avec Frida pour bosser les deux mois de vacances au centre de tri de La Poste de la ville. Ils devaient être sur le lieu de travail à quatre heures du matin. C'était parfait. Mais ils étaient tellement fatigués qu'ils n'ont tenu qu'un mois. Je me souviens que je n'osais pas trop me délecter de ce séjour, de peur d'être déloyale envers Goyave.

Un soir, à la nuit tombée, alors qu'on buvait des verres tranquilles en répondant yes à Fabi qui nous proposait de l'accompagner le lendemain pour aller balader les chèvres, Juce était venu vers moi pour me proposer de me masser les pieds parce qu'il me trouvait tendue. J'avais répondu pas de problème, aucun problème, en me rendant compte au moment où je lui disais ça, que le mot 'problème' dans ma réponse à sa proposition paisible n'avait aucun sens. Je l'avais suivi dans les sentiers feutrés de mousses ; c'était une nuit où la lune était pleine. J'entendais l'eau du ruisseau suivre la pointe de mes pieds qui avançaient, entre le tressaillement des arbres, jusqu'à la pointe des branches.

Je m'étais allongée, résistant à ce que je vivais comme une chute par une moue boudeuse qui dissimulait mal ma peur de la douceur. La claque était trop grande, face aux doigts de ces mains qui voulaient juste reposer ma turbulence. Entre ses mains mes pauvres pieds de fille qu'on n'approche pas comme ça.

Je m'étais relevée, railleuse « on va plutôt boire un verre, nan ? c'est vous qui le produisez le blanc qu'on a goûté tout à l'heure ? »

« Lise… »

Les promenades avec les chèvres, la construction d'une serre, la cueillette de fruits, l'odeur du pain, les discussions joyeuses au cœur des bois, les visages radieux de Fabi et Lolotte, le silence et leur accueil m'avaient bouleversée.

Je descends.

Le salon est occupé par Vladmina, ou Vladmira, une femme qui vivait dans la rue jusqu'à janvier dernier. Elle a probablement fui le Kosovo. Elle a une quarantaine d'années. On revenait de L'Embuscade un soir, ronds comme des soucoupes et on l'a emmenée. On s'était posés sur un banc, après la fermeture. On fumait sur les marches du grand escalier qui mène à l'église et elle était passée devant nous. Elle s'était arrêtée pour nous taxer une clope. Elle était écrasante de dignité. On n'avait pas trop parlé. On lui avait juste proposé de l'héberger, elle avait dit oui. Un oui ému. Elle parle peu, tricote beaucoup. Elle ne tricote pas pour faire des pulls, elle tricote plutôt pour tricoter. C'est Goyave qui s'arrange pour lui ramener de la laine. Parfois elle nous fait des Cevapcici, des boulettes de viande hachée épicée ou encore des soupes de poivrons. C'est une adulte. Une adulte respectée, qui vit dans son pays intérieur.

Il y a qui encore dans ce salon : Eleonore Shine et Kader qui temporisent dans la cour. Son dos féminin est plaqué au mur et en face d'elle, bientôt dans ses bras, Kader. L'appétit que je lis dans leurs yeux avant qu'ils ne se dévorent laisse à penser que ça se précise pour eux. Youri joue de la gratte dans l'escalier, une fille dont j'ignore le nom somnole sur le canapé et Greg, look de surfeur, master d'économie, qui roule une clope, est assis sur un tabouret. Pas hyper adapté au spirit d'ici, Greg consomme au Palace une phase d'excès dans un projet maîtrisé qui lui feront dire à la machine à café de sa boîte de commerce dans quatre ans j'ai fait un peu n'importe quoi pendant quelques années, je me suis cherché, ça m'a enrichi.

Notre amour du prochain l'a laissé prendre pleinement sa place.

« Tu fais quoi Lise ?

– Je pars aux Granges, y a qui qui y va ?

– Oim. Je finis ma bière et je t'emmène si tu veux. On va prendre le break de Rod'.

– Celui qui a un pneu crevé ?

– On va rouler doucement. On emmène aussi une fille qui est arrivée de Rast’ hier, une fille qui se marre tout le temps, tu vois qui ?

– Ouais je vois, elle est super cool.

– C'est parti. »

Il lève sur moi des yeux un peu trop brillants.

Comme Eleonore Shine, Jennifer a vécu au Verger aussi, pendant un moment. Elle y était partie avec son mec, Martin, avant qu'il ne tombe amoureux d'une autre. Pour la première fois elle avait cessé de rire parce qu'elle rit tout le temps. Puis elle a emmené son amertume à Rastigny, en Lozère, où des copains vivent là-bas. Elle est bien. Elle fait du théâtre avec les enfants de l'école du village.

Maurice a hésité quelque temps entre Rast' et Malonne-Gaï, mais la dimension rigoriste de Malonne-Gaï lui plaît vraiment.

Jennifer a une tendresse pour moi depuis toujours. Elle arrive dans son corps de fille adorable qu'enserre un sweat boyish et m'embrasse un peu sur la bouche. Sa bouche débouchée de la mienne, elle me tonitrue qu'elle est super contente d'être là, que ça fait du bien de nous retrouver, qu'on va s'en coller des belles. Sa voix pétille de partout. Je souris sans y être forcée. Elle est sortie longtemps avec Chris. Je les trouvais beaux. Ses avortements consécutifs ont fait du mal à leur amour. C'est à ce moment-là qu'elle a décampé au Verger avec ce Martin que personne ne connaissait, trouvé à la Fac.

Ça va être la fête dans le camion. On grimpe, on se met en place. Son regard de polissonne me contamine. Ses yeux de fumeuse me rendent antinomique à mon état habituel. Je nous sens bientôt comiquement incapables de tenir en place. Greg se régale, il nous met une playlist qui arrache, nos tympans explosent, on trinque en chantant avec Tricky, Massive Attack, Unfinished Sympathy, on rit comme des volcans, on se remémore tous les plans foireux, tu te souviens, le concert de Kim Gordon Vanille avait vomi sur mes godasses, puis quand Chris il avait fermé à clef toutes les salles de la Fac, et même, Fitoussi s'était retrouvé enfermé en salle 600 pendant quarante-huit heures, puis quand Frida elle s'était allongée sur la route pour pas que le bus emmène Nono en Mongolie. On sort nos têtes par la fenêtre pour qu'elles se grisent avec le vent d'encore plus de notre liberté, on roule des spliff, on s'explose sur Greg qui conduit la Volvo pas sécure, dont la boue sèche éparpillée sur la tôle donne le goût du Tecknival.

Assoiffés de fête, on entre dans Saint-Marcel de Careiret. Au cœur d'un paysage de pins docilement alignés jusqu'au bout de notre vue, on traverse un village dont les hommes, debout dès l'aube, s'affairent à la terre au creux de leurs mains sales occupées sous le ciel et jamais dans leurs poches trouées de gravats, à des années-lumière de ce qui nous attend à la sortie de leur village : une mondanité sous les étoiles.

On arrive. En groupe. A trois déjà on est en groupe. Amarrés les uns aux autres plus que tout pendant ces instants qui précèdent notre élan. Olive, Gwendo et Lucie nous aperçoivent et nous rejoignent. En sortant de la caisse je me sens invincible avec mon clan sicilien, protégée par la multitude. Dans l'air électrique, j'aperçois qui jaillissent parmi mes clones Guizmo, Seb je pense, Dionysos là-bas, Lulu avec une meuf que je connais pas, Guillaume mais c'est peut-être pas lui.

Identifiés comme *palaciens*, nous sommes reconnus et toisés pendant qu'on s'approprie tout ce qui ne nous appartient pas. On agresse tout de suite les premiers inconnus avec notre gentillesse. Sous nos capuches de charmante caillera, nos chakras sont plus ouverts que les autres, on nous adopte tout de suite, on fait le tour des lieux avant de vampiriser l'espace en moins de deux, on grimpe sur les barrières, on comprend tout, la soirée devient à nous, pour nous. Nous sommes le centre de tout et nous le méritons car le *nous*, le *nous* du groupe, la date fondatrice du *nous* existe depuis plus longtemps que les autres.

Frida, qui ne manque jamais ce genre de truc, n'est pas là.

Je distingue au loin dans le spectacle naissant des premières gouttes de pluie mon fébrile bad boy, mon crazy dream, seul, debout sur la colline, dans la nuit qui arrive.

Il fixe le grand ciel sombre éclaboussant ses astres d'or. Il se retourne. Me voit. Pose sur mes yeux perdus dans la foule obscure le même regard qu'au premier jour du lycée. Il s'approche. Mon maintien se rigidifie. Je reste à distance. Il s'approche de moi avec ses pieds. Ses pieds dans ses baskets qui foulent la plaine pour me rejoindre, cette plaine candide qu'on vient distraire pendant quelques heures, plaine bientôt technoïde qui va prendre des coups de chaud sur son ventre brûlant qui rira chatouillé de nos parades hallucinatoires et entendra au milieu de ses rires stridents des débiles proférer que crever c'est ce qu'il y a de pire et que les overdoses c'est moyen drôle, plaine à laquelle je pense fort fort fort pour ne pas penser à Goyave qui s'approche dangereusement.

Je me ressaisis, me raccroche dans l'urgence à quelque chose que je trouve pas, mes yeux cherchent partout la sortie et c'est l'enfer que je trouve autour, la pénombre, NTM qui hurle, la cohue, mais qu'est-ce qu'il fout, lui et son corps qui m'accèdent, son tee-shirt crade mais trop beau et ses cheveux et sa façon qu'il a de m'aimer qui me vertige, m'obsède et me liquéfie, pourquoi moi, pourquoi c'est moi la peureuse qu'il atteint peu à peu, moi la pas capable, moi l'autiste infichue d'accueillir la banalité, qui fait tout pour ne pas céder à la normitude des relations, qui ne vit rien plutôt que de prendre le risque d'être déçue, le risque d'entrouvrir la porte pour y voir au-dehors, dans le grand jour, la lumière de l'inconnu, la lumière d'une rencontre en vrai, pourquoi c'est moi qu'il vient chercher ?

Et l'air, l'air, dans cet air qui devient irrespirable à mesure qu'il fend la foule pour m'atteindre, je profite de l'univers qui grouille entre nous pour me faire la malle, mal élevée, je trace et cours de toutes mes forces dans un trap-trap qui fout la chiale, à la hâte me péter les tympans vers la tribale mêlée, m'envoler à la folie vers un parterre d'esthètes en tension qui ne baissent pas la garde et bougent sur la musique comme s'ils étaient lobotos dans un navire ballotté, un jour, une nuit, un matin, en m'enfonçant dans des nappes électro-épileptiques je comprendrai enfin comment on fait pour se laisser tomber dans les bras de quelqu'un et s'y fondre.

Trois heures. Tendre est la nuit qui me tend ses mains et bat son plein de gros son et d'ennui. Dans une humeur libertaire la musique tonne. Les gens semblent alanguis. Je dépéris. J'ai trop dansé. J'ai faim. La vodka ou les smarties rigolos que je gobe comme une mouche ne me nourrissent pas. Goyave n'a pas refait surface.

La tête de Tafi est euphorique et morbide.

« Elle est where Frida ?

– Au Palace, elle bade.

– Et sinon elle est où Frida ?

– Bah… elle est au Palace, à la maison, elle bade rapport à la situation.

– Oui mais là elle est où ?

– T'as gobé un repeat ? »

Le drum and bass cérébral d'Amon Tobin m'appelle. J'entraîne mes dernières forces au milieu d'une peuplade réunie dans l'amour commun de nos maîtres. Dj Shadow nous chavire, Morcheeba nous renverse. Je plane en endorphine en priant de tous mes neurones pour que cette nuit dure le plus longtemps possible et que ceux dont le cœur vibre l'oreille tendue à la musique aient toujours vingt ans. Cris, folie, merveille et happiness. Les cris prodigieux de Keith Flint azimutent jusqu'à la moelle la nuée qui danse sous potion magique, nuée d’anti-système qui ressemble à s’y méprendre à une pub pour Coca. Mes cheveux collent aux tempes. Les filles sont plus jolies à regarder que les garçons. Vanille se dandine comme une canaille tout près de quelques garçons qui se dandinent comme des canailles près d’elle. Ça tourbillonne. C’est magnétique.

Mon corps dit stop quand le jour se lève. Si les autres dormiront dans les caisses, j’ai besoin, moi, de faire corps avec la flore pour aérer le plomb que je me suis mis. Je fais des bornes en vacillant pour trouver Lucie qui a paumé les clefs du camion, fureter les poches de tout le monde, demander aux gens t’as pas vu des clefs, avoir envie de pleurer tellement c’est dur et tellement je vois flou, trouver le trousseau miraculeusement posé par terre près de la buvette, retrouver le camion, choper une couverture, revenir dans le trop-plein, rendre les clefs.

Je me dirige vers le flanc de la colline, m’abrite sous la ramure charpentée d’un chêne, m’allonge et m’endors dans la splendeur qui rôde.

Je plonge avec Morphée au-dessus des vallées pour me retrouver dans les rues de Londres avec Goyave qui s’est rasé de près. On sort au théâtre. On est très riches. Il a mis ce parfum que je lui avais offert lors de notre dernier séjour à Hanoï, quand nous étions sortis de la boutique sous une pluie torrentielle, avant que nous rejoignions, trempés, l'hôtel en courant, nos sept enfants qui galopaient derrière nous en file indienne. Notre bonheur brûlait comme un magma. Nous avions séché, lavé, lapé et bordé nos sept petits samouraïs avant qu'ils ne s'endorment tous dans un lit king size de huit mètres sur huit aux draps de soie multicolores. Monceau de chairs à croquer, avachi dans le sommeil des justes.

L'onde qui fait éclater la voix de Björk me réveille. Où suis-je ? Où sont mes parents ? Où est mon frère ? Comment les joindre ? Qui pense à moi ? Qui me rassure dans ma peur de l'après ? Comment remplit-on une relation? Qu'y a-t-il à l'intérieur des collines ?

Je déteste les réveils qui me rendent ni assez conne ni assez printanière. Goyave est parti. Mon ouïe est bousillée. La quête d'un café me lève et me fait sillonner l'immensité de la plaine qui dort sous les cieux d'un début d'après-midi complaisamment confus.

Je le cherche alors qu'il est parti. Je suis partie alors qu'il me cherchait.

Romantique résistance au romantisme, je suis une fille bidon.

Je passe la journée à regarder les gens qui fument, discutent et rient dans une ambiance bon enfant. Mes Converse font splatch dans les flaques. Dans l'exercice philanthropique général, j'accompagne discrètement les palabres par des sons qu'on n'entend pas. Je suis une présence infra-verbale qui frotte ses mains sur son ventre tordu de faim.

Et quand la nuit tombe, je file.

Je file parce que je veux rentrer au Palace.

Je fuis par le bois.

Je m'enfonce dans le noir à travers les pins, devinant des morceaux de ciel, morceaux de lumière qui éclairent, par bribes, le règne végétal. Animalement je m'aventure, je débroussaille de mes mains le devant, attentive au moindre bruit, je me souviens que j'ai peur du loup, que cerfs, biches, renards et chouettes sont tout près. Je suis dans les entrailles d'un écosystème dont j'entends psalmodier les Chamans.

Je marche pendant des heures dans ce qui m'entoure et me cache, chaperon rouge errant dans les profondeurs auxquelles mes yeux s'habituent. Les choses de l'ombre se mettent à vivre. Ma faim disparaît, je ne suis que marche entre les silhouettes tortueuses des saules.

Le long du sentier mon cerveau élabore. Le bruit et l'obscurité m'ont toujours rassurée, dans le bois et hors du bois. Je commence à respirer quand les soirées commencent, m'apaise quand la musique devient forte. Entre les tablées énervées, nos corps azimutés et mes voyages intérieurs d'insomniaque, je me fatigue.

Et je pense à mon frère qui me manque.

Mon frère jumeau et moi dans une autre forêt sombre, quand nous étions enfants.

Frère-moi-peau avec qui je joue toute mon enfance au pays des malfrats.

Par le bus on revient de l'école dans un château trop grand pour nous. Château dont le parquet ciré accueille les tablées inondées d'argenterie d'une famille dont les branches déploient une généalogie qui intimide, deux fois par an. J'ai neuf ans. Cette table me laisse contempler en tant que fille de, petite-fille de, arrière et encore arrière arrière-petite-fille de, le regorgement de bienséance. Je ne comprends pas ce que disent les adultes, je suis à deux doigts de saisir, dans une fascination illuminée, ce que veulent dire l'actionnariat, le capital, les chiffres d'affaires, les pourcentages, les statistiques, la stratégie d'entreprise, les enjeux. L'ambition.

On fait pas nos devoirs. On goûte pas. Notre faim est nourrie par notre imaginaire, partant tous deux au galop dans le bois d'à côté à l'assaut des Chinois, brigands bridés aux sabres perçants. On est des elfes planqués dans les branches des arbres.

Abrités des brigands, se dit-on.

Mais c'est du monde que nous nous abritons. Un monde dont la logique menace d'un jour nous séparer et nous laisser tout seuls. On guette les bruits du vent.

S’il vient du nord, c’est que les Chinois ne sont pas loin.

La mer est tout près. Manche blanche et grise. Bordure maritime, contour psychique. Ce qui nous délimite est illimité.

Nos pieds nus dans l'écume, on court à perdre haleine. Le petit corps musclé de mon frère est armé de coquillages, d’aiguilles et de cônes de pin. Après des combats entre lames tranchantes au pouvoir de feu nous nous faufilons sous les remparts enflammés où nous attendent des sorciers dont l’esprit des ténèbres nous protège de l’ennemi.

On revient au château quand la nuit nous invite à revenir nous coucher, épuisés.

Enfance aérienne. Enfance tordue.

Je me construis comme une fleur mal arrosée, aux dépens de l'indifférence des parents. Je babille au début puis je me tais. Enfance t'as perdu ta langue?

La fusion puis le rien. La lumière puis le vide.

Parti après le Bac dans une école de commerce, l'école du système-monde, moi harponnée par l'idylle collective. Neuf cent soixante-trois kilomètres mais au-delà des kilomètres c'est l'abandon. C'est je t'abandonne parce que la vie de deux jumeaux n'est pas inéluctablement la vie à deux.

C'est les enfants jumeaux qui vivent ensemble, mais pas les adultes. Les jumeaux adultes ça se sépare. Ça se dit, ça s'écrit. C'est écrit. A deux on décide. La raison fait de nous des jumeaux tristes. Solidarisés par l'horizon marin, le vent et le manquement parental, avant de s'éloigner comme des boussoles mal calibrées chacun de son côté, on se dit au revoir, avec notre baluchon de complexes au milieu d'une route qui est celle de l'avenir.

Des plaques d'eczéma viendront à partir de cette période célébrer la mémoire de mon frère perdu.

Le chant des insectes, de la pluie fine et du vent vivifient ma marche.

Plane sur moi l'écho familial d'autres monozygotes, Elsa et Maurice.

Leur enfance, nous racontait-on, à picorer des crottes de lapin séchées, semer du sable dans des écorces de bois ou empoisonner la gouvernante avec des baies toxiques. Deux solitudes aussi, solidarisées par le fait d'être seuls au monde, natifs du même œuf.

Libération, 29 avril 1945, gare de l'Est. Maurice, matricule 51542, sort du train qui vient de Buchenwald. Fondu tête baissée au milieu de ses frères cadavres il avance lentement sur le quai. Uniforme rayé qui cache quarante kilos. Au bout du quai Elsa cherche Maurice, elle cherche nerveusement, dévisage un par un les cadavres qui marchent, ne voit personne, grimpe au sommet du poteau, siffle.

Siffle trois notes, sol-mi-mi.

Ces trois notes, point de ralliement, pacte mélodique identitaire transmis rigoureusement de génération en génération, mon fils, ma fille, ces trois notes vous permettront de retrouver dans le grand vacarme de la vie ceux et celles qui sont des nôtres. Un rencart donné dans la foule, l'intuition d'un visage familier dans un métro bondé ou en forêt équatoriale, trois notes qui viennent confirmer la connivence familiale.

Elsa aperçoit alors, à ce moment précis, le déclic d'un homme dont la tête se lève peu à peu vers ses yeux pleins de larmes, s'accroche à ces pupilles avant de venir lentement échouer dans les bras de l'âme-sœur.

Le jour luit au loin dans de pâles percées. Dans la brume mouillée, l'herbe s'éveille. Je sors de la nuit.

Il doit être six heures.

Je vois la nationale et, à quelques mètres de moi, un chien.

Rencontre junkie.

Je deviens deux. Nos oreilles écoutent les balbutiements du monde en cette heure si belle. Il me suit. Tant qu'il n'engage pas la conversation ça me va. Je situe la maison au loin, dont j'observe au passage une perte d'éclat. Je propose au berger allemand une visite à la boulangerie dont l'arrière-boutique vient de s'éclairer, histoire de leur demander poliment un croissant. On s'oriente vers le deuxième virage dans la rue principale. On se glisse par la porte cochère attenante vers un couloir éclairé d'où l'on entend les fours.

Mon copain aboie pour signaler notre présence. Un homme-boulanger sort, nous regarde, comprend, rentre dans son antre et en ressort trois minutes après avec, au creux de ses mains jointes, couchés sur un papier d'emballage, cinq petits croissants chauds et vibrants.

« Merci, c'est super gentil. »

En se régalant on bouge, on trace au Palace.

Je pousse la porte. Tout de suite l'air empeste la crasse et des effluves de vomi. Mon copain s'écarte brutalement avant de s'éloigner en direction de la route, méfiant. Je lui dis à bientôt. J'avance dans un nuage de brouillard nauséabond jusqu'au salon, où je ne reconnais personne. Une mauvaise techno au son saturé me fait presque flipper. Je me sens dépossédée. Je vais dans l'arrière-cuisine pour essayer de trouver de quoi manger. Les cageots rangés sur le lave-linge cassé, qui contenaient avant des légumes et les fleurs que Frida cuisinait, sont vides. Je vais à la cuisine, j'ouvre le frigo. Gît un reste de pâtes dans une casserole que je mange comme un ogre avant même de les réchauffer. Il faut que je trouve Vladmina (ou Vladmira). J'ouvre à tout hasard la porte qui donne sur une pièce un peu isolée, qui sert de lieu d'expositions. Je devine dans l'obscurité deux aiguilles à tricoter qui dorment sur son corps endormi. Je monte me coucher en cherchant cette fois Frida, dans l'opéra sordide qui couvre les tranchées de macchabées hilares et gémissants. En vain.

Dans le couloir qui mène aux escaliers, dans un fauteuil isolé, Goyave. Ses yeux ouverts, injectés, hagards, ne me reconnaissent pas.

Je monte me coucher en suffoquant d'effroi. Sur ma porte, scotchée, une affiche informant d'une conférence que propose la Fac lundi 13 juillet prochain, intitulée « Nuit Debout sans leader : force ou faiblesse ? »

Le Palace sans Goyave, force ou faiblesse ?

Me réveillé-je ou me réveillé-je pas ? Je veux dire est-ce bien utile? Dans mon lit je veux oublier la scène d'hier, le Palace en ruine. Je suis une capricieuse profondément amère qui rêve d'une réalité surnaturelle, filmique et absolue dans un Palace à jamais fabuleux, mirifique et sans faille.

Je veux être ailleurs, ailleurs et au-dedans. Retrouver mon dedans mais en dedans j'ai mal. J'ai mal à une fêlure dont j'aimerais pouvoir sortir pour découvrir le monde et ses prairies fleuries de gens heureux. Je me fais l'effet d'une cacophonie dont je n'arrive pas à sortir mais dont j'entends les vagues hurlantes en moi pourtant si sèche et qui m'empêche d'aller voir ailleurs.

Toc toc toc.

J'entends toc toc toc.

C'est mes oreilles, avec le tékos, qui en ont pris un coup.

Toc toc toc. Je ne veux pas entendre que quelqu'un me cherche.

Grisée et terrifiée soudain, je devine qui c'est. J'entre au cœur de mes draps, terrée dans mon incapacité.

Goyave pour la première fois entre dans ma chambre.

Goyave est dans ma chambre.

Sa présence s'installe en prenant son temps. Il observe. Le bruit du briquet m'informe qu'il s'allume une clope. Une clope virile. Je fais trop bien celle qui dort. Il regarde par la fenêtre peut-être. Il accompagne mon silence. C'est doux. Ma respiration est moins irrégulière.

Il s'assied sur mon lit, découvre le drap, me démasque.

J'ouvre les yeux. Je dis « Frida elle est où? » Il prend sa tête entre les mains et me répond qu'elle est à l'hosto toute seule en train de se faire avorter, qu'on est innommable, que tout ça, l'amitié, c'est du fake, qu'il est déçu, par lui-même et par nous tous. Je ne réponds pas. Je suis tristement d'accord. Il continue. Vanille, qui devait se marier à la fin du mois avec Saïd pour les papiers, a fait faux bond. Saïd est vert mais il comprend. Vanille a rencontré Saïd au Maroc il y a deux ans. Elle était partie à Rabat avec Alex. Ils sont revenus du Maroc tous les trois.

« T'en as d'autres ? »

Oui. Kader et Eléonore Shine s'installent ensemble dès la rentrée. Fini Le Palace. Ils prennent un appartement.

Si tout le monde part, Le Palace lui, il va où ?

« T'en as d'autres encore ? » Il me regarde. Il me sourit. Il me dit t'imagines si on faisait tous comme eux ? On tire à pile ou face pour faire des couples entre nous, on se range, on bosse, on fabrique des enfants pour perpétuer l'aventure. Les enfants prennent la relève, on se voit autant qu'aujourd'hui, t'imagines, on serait tous les soirs chez les uns les autres, on serait hyper nombreux, comme dans une grande famille. On ne perdrait rien en fait, à faire comme ça jusqu'à quatre-vingts ans.

« A faire comme quoi ? Comme monsieur qui pique un scooter le week-end dernier et qui fonce dans un mur avec ses quatre potes dessus ?! »

« Je te signale que ce n'est pas moi qui suis parti l'autre fois en courant du Kebab sans payer »

« Ce n'est pas moi, en tout cas, qui me suis fait offrir une place pour Pixies et qui étais trop bourré pour m'y rendre... »

« Ne sont-ce pas madame et sa copine Vanille qu'ont chopé les flics à la manif cet hiver en train d'escalader un grillage grillagé de panneaux sens interdit ?

Il rit. On rit.

On est à quelques centimètres l'un de l'autre, on est bien.

Goyave me dé-fragmente, me rassemble. Je suis moins illusoire.

Il se lève en se frottant les yeux « Ça parait débile mais on en reparle ? »

« Oui. Je pense que c'est à ce moment-là, quand on sera adulte, que l'histoire sortira vraiment de l'ordinaire. »

« Clair. A tout' »

Je me réveille. Pour la première fois, de mon lit, je me sens puissante. Il fait nuit. Il doit être vingt-deux heures. Je vais dans la salle de bains. Je caresse sous la douche mes plaques d'eczéma comme on caresse l'épaule d'un vieil ami de solitude. Je mets le pull trop grand de quelqu'un qui traîne sur le tabouret, mon slim usé jusqu'à la corde.

Je descends.

Je me cogne contre Valérie, une plasticienne qui expose dans les endroits branchouilles de la ville. Je remarque qu'elle a l'air fier d'être ici ; c'est Vanille qui lui a demandé de venir créer un atelier participatif de customisation de tricycles, vélos et autres véhicules roulants. Elle m'invite à venir admirer la salle d'expo. C'est drôle. C'est super beau. Des roues sont suspendues au plafond. On a l'impression qu'elle a vrillé toute seule au fil de son inspiration. A partir des roues elle s'est mise à accrocher des ballons de foot, balles de tennis, cerceaux, bulles de savon. Des oranges, des billes jonchent le sol. Saïd se casse la figure. Cette expo est vivante. Soleil et comètes digitales voltigent en rieurs mobiles. J'observe la rondeur ambiante.

En vrai je cherche plus ou moins Goyave pour continuer à réfléchir sur nos destins et surtout échafauder ce projet d'être tous ensemble en mode famille jusqu'à quatre-vingts ans. Parti comme on est parti, rien ne peut nous arrêter. Quand ça colle, ça colle. On va devenir inséparables.

J'entre dans la cuisine. Je m'installe autour de la table pour aider Tafi et Sabrina qui épluchent des pommes de terre. Un bon gratin avant l'excitation maximale, je suis entourée d'amis et j'ai soif de nouvelles.

« Alors, c'était cool Bruxelles ?

– La folie…

Ma réponse est un sourire béat imaginant bien l'extatique extravagance d'un trip clubbing.

« Frida sera là ce soir, elle est chez Anne depuis hier. C'est cool de la voir.

– Et Goyave il est où ?

– Il est chez Rassinon.

– ...Rassinon la prof de socio ?

– Ouais. Apparemment ils ont bloqué des heures au Food-truck de la Fac cet après-midi, Violaine les a vus. Il est repassé cinq minutes ici il y a une heure, le temps de me dire qu'il allait peut-être la choper. Elle habite dans un bled assez loin, il a pris la Volvo déglinguée.

– Cette bouffonne elle pouvait pas habiter plus près ? Je l'aime pas cette caisse.

Pendant qu'ils gazouillent, le monde bascule. D'un monde gentil et rond je passe à un monde qui m'offense.

J'allume une clope en m'éloignant des pommes de terre ; je suis inconsolable.

Je monte.

J'éteins.

Ma douleur est mal réconfortée par Radiohead, *Weird Fishes Arpeggi*.

Je m'installe dans la nuit, le cœur à mille à l'heure. Je laisse tomber mon corps affaibli vers l'ordi posé sur la table basse, vers les miettes de mon tapis moche rempli du sable gris des plages où je ne vais jamais. Rempli des croûtes de pain que je picore en googlisant le nom de cette conne. Si ça se trouve ils vont passer la soirée tous les deux à refaire le monde super intelligemment, dans une entente parfaite. Avec des bougies. Avec son petit doctorat en socio, qui n'a peur ni d'elle-même, ni des autres, ni de ce dont elle est capable. Confiante.

Je traverse la nuit en désenchantant

Mon cœur endolori me réveille. Il me gratte et me démange.

Je m'habille. Je descends. Je traverse une maison capharnaüm qui ressemble à une chambre d'enfants terribles. Je chope un portable pour savoir l'heure. Il est quatorze heures. Je suis déréglée.

Je suffoque. Je palpite. Il n'y a plus de Chocopops.

Le corps tremblant je sors de la maison, m'engage à pied vers Gambetta, accélère le pas autant que la panique mesquinement m'attaque. Je perds à ce combat toujours. J'entraîne d'urgence par la manche mon corps à sortir de lui-même. Grimaçant de douleur je finis par approcher de la place où j'échoue recroquevillée à la terrasse du bar où je fends le couloir parallèle au zinc jusqu'aux toilettes, le visage gouttelant d'une sueur froide, mon poing enserrant l'incendie eczémateux qui se propage de la poitrine vers mon cou. Je suis par terre.

Je me débarbouille. Harassée mais debout. Je reviens, m'installe à l'extérieur et commande un thé bio, bio parce que j'ai peur de la mort, me roule des clopes, clopes parce que j'ai peur de la vie et que rien ne me console, exposée et clapie au milieu de la place publique.

Goyave n'a pas dormi dans mes bras mais dans les bras de Madame Rassinon.

J'attends longtemps, assise. Précieux temps sans interférence où chaque minute progresse vers l'accalmie.

J'aperçois Farid, qui marche sur la place et passera en toute logique directionnelle devant ma table dans une minute à peu près. J'aime pas les rencontres. Farid est photographe, il bosse souvent avec Valérie. J'ai pas envie, pas envie de paniquer quand il va me reconnaître, pas envie de trouver quoi dire, pas envie de bouleversement interne, pas envie de faire l'effort, pas envie de gravir l'Everest, pas envie de conquérir. Envie de rester peinard dans ma mégalomanie et ma transparence.

Farid ne m'a pas vue, triomphe. Triomphe dû à mon talent pour feindre une mauvaise physionomie. C'est dommage. Il a l'air super gentil.

Je reviens. Tant pis pour ma visite à La Manœuvre.

Goyave a révolutionné les règles hier. Il faut qu'on en parle. Ou alors faut-il laisser ça encore entre nous avant de le balancer à tous ?

C’est quoi la pagaille dans la cour ?

Quelques personnes sont en train de téléphoner, Greg et Kader sont affalés l’un sur l’autre, la porte est grande ouverte.

Ils sont sous prod’ ou quoi ?

Ils sont au courant pour le nouveau concept de Goyave ?

Preum’s pour être en couple avec Goyave ! Je sens que je m’ouvre à l’amour, c’est parti mon kiki, en route vers le bonheur !

C’est quoi l’étrangeté qui menace ? Tout le monde pleure. Tout le monde me regarde.

J’entre dans la cuisine. Frida se lève et me regarde, tétanisée.

« La mère de Goyave a appelé l’Embuscade, ils viennent de nous prévenir. Il s’est tué en caisse cette nuit à l’entrée de Fresnoy-le-Grand. »

Je me suis retrouvée dehors, je crois. J'ai levé la tête dans un mouvement lent et macabre, petit à petit, sans vaciller j'ai tenté d'atteindre l'au-dessus, l'au-dessus de la vie, décapitée à jamais, cherchant déjà l'absent dans un ciel trop grand, gorge sèche, poitrine sèche, au plus profond de moi silencieuse au milieu de hurlements sourds de terreur, tout arrêter et reprendre à zéro, morte de lui, vertige noir dans ma tête gouffre cauchemar qu'on voudrait faire cesser et repartir du début je vis, il vit, comme si de rien n'était, que rien ne se termine, ne pas voir, imaginer, là où il est, là où il n'est plus, ne pas sonder l'insondable, fin arrêt terme achèvement, ne pas penser, ne pas réaliser, ne pas me noyer.

J'étais face au local, les bras appuyés au mur pour me tenir.

Je ne suis pas revenue dans la maison, dont j'ai voulu quitter le vivant et le mort. J'ai marché vers la Clio qui dormait comme un trophée. J'ai réussi à ouvrir la portière et sans réfléchir, tant pis si je ne sais pas conduire, j'ai démarré.

J'ai traversé la cour dans une conscience paralysée, sous le regard ahuri des gens. J'ai pris à droite. J'ai quitté Lille et j'ai roulé vers le Sud. Vers le bas. Voir où ça s'est passé, dans quel décor il s'est mis dans le décor. Il est où ce con? Il est où son corps? Comment ça marche quand quelqu'un qu'on aime est mort? J'ai traversé des bleds moches de l'Aisne. Je me suis garée en pleine campagne. Je suis sortie. J'ai marché le long de la route parallèle à un champ triste et j'ai hurlé.

J'ai expulsé des cris qui, comme mes rêves, ne se sont pas envolés mais sont tombés à pic. Mes cris étaient d'une sonorité presque animale, comme s'ils trouvaient enfin l'issue de secours vers le dehors, abîmés d'avoir été si longtemps contenus. Hurlé, puis sangloté toute l'amertume dans des jaillies sonores, jaillies lacrymales, océan en pleine tempête. Pendant ces heures livides où j'ai hoqueté sans cesser j'avais quatre ans, dix-sept ans, quatre-vingts ans. Puis face au champ triste j'ai fini par m'incliner sous le fardeau de l'échec, m'écrouler lentement jusqu'à m'affaisser en position fœtale à même la bordure de la route, le corps et la joue collés à l'humus sec de l'Aisne, ses graviers humidifiés de quelques herbes, en souhaitant à ce moment m'enfoncer le plus possible dans la terre.

Je me suis relevée, la moitié du visage et du corps couverts d'une terre sèche collée à ma transpiration. J'ai repris la voiture. Je ne voyais plus rien.

J'ai dû m'arrêter plusieurs fois car j'avais pas tout pleuré.

J'entendais dans ma tête le flux habituel des mots qui crient et font n'importe quoi, mais une chose résonnait plus fort que d'autres : "Faut pas que je m'effondre".

Je roulais enfin, les yeux explosés mais secs. Je réfléchissais à mesure que défilait le paysage géométrique des poteaux dans la couleur d’un été déprimé dont le destin ressemblait à la même chose que mon avenir : la fin d’après-midi d’un dimanche de juillet livide et étouffant.

Il fallait que j’utilise comme une opportuniste ce vertige d’être sans Goyave, baume de mon invisibilité, que je saisisse que j’étais seule, que je transforme ce frisson qui se dressait devant moi comme un spectre et le mettre à distance pour privilégier la colère, garde-fou de l'effondrement. Mâchouiller mon aigreur, sournoisement survivre, réchauffer sans cesse le bain du ressentiment et bien rester dedans afin de ne jamais accéder au vide.

J’arrive à Fresnoy-le-Grand.

Fresnoy-le-Grand est tout petit.

Sous un ciel sombre j'entre dans un village de murs bas chapeautés de vieilles ardoises. Aucune trace. Le crime parfait. Où est Goyave ? Un clocher émerge au loin. Un village vide qu’on croirait oublié de la carte, oublié des consciences, qui semble défier les voitures d’arriver dans ses murs. Un village auquel personne ne pense. Je cherche un rade. Il est dix-huit heures. En roulant vers le centre du village j’aperçois au loin sur la droite le losange rouge d’un bar tabac qui clignote. Je roule doucement puis trouve une place en épi au centre de ce qui semble être la place du village.

Je sors de la voiture. Je m’approche du bar en essayant de m’en foutre. Je m'en fous, je m'en fous, je m’en fous. Je n'existe pas, j'existe si peu de toute façon. Je pousse la porte. Cinq regards d’hommes se retournent. Le patron, visage rond, cheveux blancs, torchon sur l’épaule, chemise à carreaux défraîchie, ventre aussi rond que le visage, corps massif vissé au comptoir. Deux hommes chétifs, moustachus et sans âge, attablés autour d’un silencieux jeu de cartes. Un homme plus jeune qui lit le journal adossé au comptoir et un dernier, boucles blondes, lunettes, le même regard perdu, charmant et anglophile que Vincent Macaigne, cuir, chemise en treillis, tee-shirt Ramones, qui semble tout droit sorti d'un bar de Bastille, debout, pinte à la main, en train de discuter avec le patron.

Tous se retournent vers la porte que j'ouvre timidement et qui grince. Avant d'apparaître totalement, et comme toutes les fois où je me pressens un petit peu en danger, je rentre ma féminité : bouche, cils, cheveux. Je voûte mon dos, rentre mon corps dans mon blouson. J'essaie de leur dire « Pas de lézard pour fissurer le mur du zen, considérez que je suis un garçon ». Ils retournent à leurs demis, ils ont compris.

De toute façon il faut que ça se passe bien, je compte rester là pas mal de temps. Je cherche ce genre d'endroit parce que vu mon état, il n'y a que ce genre d'endroit qui permette que je puisse m'affranchir du monde pendant quelques heures tout en étant maintenue par l'exercice de la condition humaine ; être seule et pleine. En retrait et entourée.

Juste en face de l'entrée se trouve le comptoir, en bois, avec des tabourets disposés devant, à intervalles réguliers. Derrière le comptoir, tout l'attirail de ces lieux où le temps se dilue, pompes, éviers, bouteilles, verres. Une porte à l'arrière de l'extrémité gauche du zinc conduit à un corridor surmonté d'un écriteau mural en faïence indiquant les toilettes.

Plusieurs tables bordées de grosses chaises en bois sont installées dans un espace central éclairé par une lumière usée mais chaleureuse. Ni télévision ni musique. Ilot.

Au fond de la salle principale se trouvent quelques tables isolées et flanquées, elles, de banquettes rouges.

Je traverse le bar en constatant malgré moi une odeur de tabac. Je m'assois à l'une des tables au fond. L'homme me crie à travers le bar « Qu'est-ce qu'on boit ? »

« Un verre de blanc, ce que vous avez, merci ».

Je suis bien. Ce lieu convient à mes paradoxes. J'ai peur mais je suis confiante. Je suis fragile mais forte. Abattue, incompétente, snob, anarchiste, descendante et j'espère bientôt vivante.

Un couple entre dans le bar.

L'homme commande puis rejoint la femme qui s'est assise à la table près d'une fenêtre qui semble les attendre. Elle a une allure un peu cheap, mais elle est pas mal. Les cheveux relevés, deux belles fossettes, sourcils droits, fournis. Lui aussi est beau. Il semble exténué, prématurément courbatu. Pas la tête à rire.

Ce bar est leur havre de paix.

Ils s'allument chacun une clope. Leurs gestes semblent routiniers. L'homme attrape par automatisme le journal « L'Aisne Nouvelle » posé sur la table voisine. Il lit, elle fume.

Ils n'ont pas l'air épanoui mais ils sont ensemble. Sont-ils bien ensemble ? On sait pas. Ils sont ensemble. Ils sont à deux. Moitié-moitié. Bigoût. Ils se réveillent ensemble. Mangent ensemble. S'attendent l'un l'autre avant de sortir de la maison. Font leurs courses ensemble, se baladent ensemble, votent ensemble.

Peut-être que c'est un couple rongé par un truc, un couple pas loquace, un couple qui adore Brel, un couple qui tient bien, un couple libre, un couple hystérique, un couple qui s'habille pas en Prada ; couple qui picole, couple destroy, couple je-te-tiens-en-laisse, couple patron-secrétaire, couple meurtri par un secret, couple soignant-soignée couple pervers couple idéal couple qui s'accouple couple formidable couple de fous. Couple de rêve.

Je sors fumer. Ma présence jette un trouble imperceptible qui n'est autre que celui de heurter l'habituel. L'un des hommes me suit. Vincent Macaigne. Bingo.

« Je peux savoir ce que vous foutez là ?

– Ben je sors pour fumer…

– Vous pouvez fumer à l'intérieur, il se passera rien : on est dans l'Aisne.

– Ah, d'accord.

– Mais vous faites quoi ici ?

– Un accident a eu lieu cette nuit à l'entrée du village, c'est ça ?

– Oui. Un refus de priorité. Un break et un camion. Le conducteur du camion est à l'hosto, c'est le frère du maire. Le jeune qui conduisait le break est mort sur le coup. Vous connaissiez ?

– Je suis venue sentir l'air qu'il a respiré pour la dernière fois.

– Désolé.

– Vous savez s'il était en direction de Fresnoy où s'il en partait ?

– Je sais pas, il devait être vingt-deux heures, vingt-deux heures trente.

– Il arrivait.

– On rentre ?

– Oui. »

Dans un mouvement de tête, il m’invite à le suivre.

Je suis.

Je m'installe à sa table. La table est recluse dans l'ombre et en même temps près du zinc.

« Vous aimez le rosé ?

– Oui.

– C'était votre mec ?

– Non, enfin je sais pas. C'était quelqu'un d'important, d'important pour toujours. »

Ma voix tremble. Je suffoque, résiste à peine avant de plonger à nouveau dans l'océan lacrymal comme devant le champ triste. Mon chagrin coule dans mon verre. On attend que ça passe.

Bravant avec la délicatesse d'une coccinelle le jaillissement de mes spasmes qui exondent, il devient par là même au cœur de ma vie.

Je me reprends.

« Mais ils habitent où vos parents ?

– Mes parents ? ils habitent ici, à Fresnoy.

– Vous habitez chez vos parents ?

– Oui, enfin non, je suis pas fixé.

– Vous faites quoi ?

– Je chante dans un groupe.

– Quel genre ?

– Post-hardcore.

– Ça marche ?

– Pas trop. »

Je vais aux toilettes me passer de l'eau sur la tête. Mes yeux sont pourpres. Même le lavabo est sympa. Tout est sympa ici. Un hurleur de métal et une aphone.

Je reviens. Il est allongé sur la banquette. Il a l'air chez lui. Enfant du village. Il se lève brusquement.

« … Je me disais, sinon on peut prendre une bouteille de chablis parce que là on a fini nos verres.

– Ah. Vous pensez ?

– Très souvent. »

Il se lève pour commander, puis discute avec le patron.

La femme aux fossettes me regarde en souriant. Je détourne la tête. Ça vient, madame. Je suis bientôt prête à répondre aux sourires. J'hallucine d'être aussi bien. Quelque chose m'enveloppe. J'élargis mon pull par le haut et inspecte mon cœur pour vérifier si je stresse. Pas d'eczéma. Je gère trop.

Vincent Macaigne revient s'asseoir. Il est grand. Ses cheveux bouclés sont faits pour moi.

« Comme ça on n'embête plus le patron, qu'est-ce que t'en dis ?

– Si tu le dis.

– Du coup on se tutoie, qu'est-ce que t'en dis ?

– Si tu le dis.

– Ça te dit d'écouter un de mes morceaux ?

– Pourquoi pas. »

Sa proposition contraste avec le silence qui règne dans le café.

Il fait un demi-tour enthousiaste vers le poste installé derrière le comptoir.

« Je mets mon CD, Jacky !

– Fais donc, mon gamin.

– Mesdames et messieurs, ça va faire mal! »

L'un des deux moustachus se bouche les oreilles et dévoile un sourire édenté.

J'entends soudain le son éclatant du métal. Une ampleur hypnotique me saisit. Le truc est carré, grandiose, cathartique. Happée, je rejoins le chanteur derrière le comptoir. Il me regarde, hyper fier. Il est adossé au comptoir. Je me pose à côté de lui. Je suis concentrée dans mon écoute. Mes oreilles sont proches de l'état-limite.

Les copains moustachus, le couple et le jeune sont dans leurs vacantes occupations. Ils semblent connaître cette musique.

J'entends projectivement dans les cris du chant l'envie de partir, l'envie d'embrasser son destin, l'envie d'essayer en tout cas.

« Alors.. ?

– Bah c'est balèze...

– Merci.

– Bravo, vraiment. »

Il revient et s'allonge à nouveau. Je reste assise. Mon symptôme de rêveuse reprend, mais d'une façon nouvelle cette fois. C'est avec Vincent Macaigne que je fais une pétanque dans le vacarme silencieux des grillons, sous le soleil cuisant d'une place de Manosque. On est huileux et imbibés de pastis, en bikini, le regard frondeur, main dans la main, mains tenues, maintenus dans la gagne, face à l'équipe adverse.

Mon acolyte se redresse avec un air de flambeur.

« Sinon je vais bientôt m'acheter une moto.

– Ah bon?

– Un modèle de dingue : une Honda programmée pour l'aventure.

– Waw… et tu l'auras quand ta super moto?

– Dans deux mois. Je bosse à Leroy-Merlin jusque Mars, je la chope et après je trace.

– Dis donc.

– Si tu veux venir...

En essayant maladroitement d'être ténébreux, il me tend son feu qui ne marche pas. Il réessaye, puis encore. Des dizaines de fois. Impressionnant. Finalement il sort de sa poche des allumettes 'Air Canada'.

« Tu répètes avec ton groupe ici, dans ce village ?

– Le guitariste habite ici, mais le bassiste et le batteur sont à Saint-Quentin. On répète là-bas.

– J'ai entendu un clavier quand tu passais le morceau

– Oui, mais il est parti il y a deux mois, c'est la zone.

– Pourquoi ?

– Pour ses études. Le mec il devient fou dès que tu le mets devant un clavier et dans la vraie vie il fait tout normalement, je fais des études normales, je quitte mon groupe de punk normal parce que c'est l'âge normal pour quitter son groupe, je loue un appartement normal parce que je fais mes études normales, je te jure dans un an il s'inscrit au ping-pong, l'usure.

– Je pourrai essayer si tu veux, le clavier. »

Son regard féerique me répond.

« Moi je préfère les gens tordus.

– Les borderline ?

– Les pas polis…

– Les qui boivent trop !

On ricane.

– Les qui ont des poux

– Les qui arrivent pas à dormir.

– Lutter pour être au repos, c'est moche.

– Les pas sereins.

– Les énervés.

– Les qui savent pas réserver un billet d'avion.

– N’empêche, c’est moi tout ça.

– Ah?

– Sauf les poux.

– Ah. »

Il me regarde à fond. Je vois pas pourquoi. En fait je vois pourquoi.

On a les mêmes idées.

Ce chablis se boit comme c'est pas permis.

On attend longtemps, sans rien dire.

Les alentours de la table sont flottants.

Vincent Macaigne roupille. Ma vigilance aussi, pour la première fois.

Je le vois roupiller et je veux qu'il soit un pull pour m'emmailloter dedans, qu'on mange des Tagada et que le rouge des fraises soit la seule couleur qui éclate de nos bouches ensablées par nos galipettes sur la plage de Deauville, qu'il soit une limonade dont les bulles piqueraient nos baisers, je veux qu'on slow sur Barry White et que sur ce slow on s'entortille avec malice, qu'on se tire par le premier bateau, qu'on découvre en Libye le cagnard et la soif, qu'on attende douze heures dans une zone d'embarquement à cause de la grève, qu'on guette les étoiles filantes allongés sur le sable depuis le crépuscule. Qu'on loupe l'avion pour Barcelone, passeports oubliés, qu'on coure derrière l'avion et qu'on s'accroche aux ailes, qu'on marche dans le silence, en haut des montagnes, vues éblouissantes, vins chauds, cimes blanches. Qu'on ait l'immense carrière de Bonnie and Clyde, en fuite tout le temps, sexy tout le temps sur sa moto, qu'on parle de l'aurore près du Fleuve aux bords d'Hanoï, que nous guettions les flaques et apprêtions nos pieds à éclabousser l'eau le plus loin possible, que nos échanges se marchent dessus, virevoltent, soient à propos, fassent mouche, ne se trompent sur rien ni personne, que nos mots soient exprimés dans la hâte et que nos yeux soient avides. Que les rires bercent les flots du discours, que les silences soient absents et que la parole existe au-delà de ses forces. Qu'on ne s'écoute plus tant nous aurons à dire, que l'on crie, que nos raisonnements se castagnent, que nos arguments s'entrechoquent et surtout que transperce de ce champ de bataille une douceur infinie. Je veux que nous dînions joyeusement aux Bouchées Doubles et que nos bouches restent glamour même lorsqu'elles s'ouvriront pour accueillir les fourchetées d'agneau saucé, que nous buvions douze mojitos dans une cabine du Transsibérien à destination de Moscou. Je veux que nous accouchions d'une petite Isadora, d'un petit Nestor, d'une petite Myrtille, d'une petite Bethsabée, d'un petit Simon, d'une petite Coline et d'un petit Théodelphe, que nous nous tenions tous les neuf debout sur la plage, seuls avec la mer, le nez contre les vagues, la brume nous chatouillant le nez, les coquillages dans les poches, le sable dans les oreilles, les chignons de nos filles soufflés par le vent, prêts à amarrer des bateaux infinis.

Je veux être dans le désert avec une jupe et guetter l'hélico qui te déposera dans quelques instants, que les prémices de ton arrivée me décoiffent et lèvent ma jupe comme Marylin, qu'on se marie et que ma robe en satin de soie pâle gêne mes sandales, que j'ôte et laisse sur le côté. Que je marche vers toi, te rattrape, te tende la main, ajuste ton costume, que nous nous dirigions vers l'autel-arbre d'une place insolite, qu'on n'entende rien sinon le bruit crépitant des feuille tombées, recroquevillées, balayées par le vent, qu'amour et respect mutuel tout au long de la vie jusqu'à ce que la mort nous sépare façonnent deux allées de platanes nous ouvrant le chemin et que je lance une jacinthe blanche vers le paradis.

Il est minuit. L'auriculaire que j'introduis dans l'une de ses boucles blondes ne le réveille pas. Je réfléchis. Enfin ma main caresse sa joue.

« Eh, tu dors ?

– Non non.

– On y va ?

– Oui oui.

On se lève en zieutant nos corps. En zieutant son corps je me dis que peut-être, être à deux, c'est facile. On paye, laisse-moi t'inviter, nan, c'est moi, j'insiste, bon. On remercie le patron, on lui fait la bise, on fait la bise aux deux copains chétifs, moustachus et sans âge, au couple qui fume et qui est bien ensemble. On remercie les murs pour ces heures capitales.

Vincent Macaigne dont je m'apprête à demander le vrai nom me tend mon blouson de la même façon que s'il s'apprêtait à m'emmener pour la vie sur une île quatre étoiles. Ce gars qui me tend mon blouson m'épure et me prémunit. Mes yeux me piquent tellement je suis heureuse.

Ses yeux désirables me promettent plein de bêtises. Les miens sont adhésifs à son oreille gauche, dont la boucle me semble être une résistance définitive à l'âge adulte.

On sort.

Dehors est un autre pays. Il fait doux. J'aperçois les branches du platane souffler et me souffler quatre mots qui ne me manquent plus.

« Comment tu t'appelles ?

– Arnaud.

– Je veux cueillir des arbres pour te les offrir.

– Moi je t'offrirai des baleines.

– On s'envolera.

– Vers où ?

– Vers un cimetière d'éléphants. »

L'aérien murmure des branches s'affole. Les étoiles se baissent pour nous regarder.

Ma nuit reprend vie.

Le bonheur n’est pas loin.

Romans et nouvelles d'Europe
aux éditions L'Harmattan

Dernières parutions

ÉROS ET THANATOS
Au péril de l'amour
Renée Guillaume
Renée Guillaume nous livre ici un récit grinçant. Ses personnages peuvent apparaître comme des pantins, manipulés, manipulateurs, odieux ou pathétiques. Marie-Val, Justine, le professeur Wodkaski courent après des ombres. Et le pauvre « Canard » dans cette histoire ? « On me prend pour un demeuré, un idiot parce que je ne parle pas et que les gens mélangent parler et penser. » Le révélateur...
(Coll. Vivre et l'Ecrire, 18 euros, 184 p., octobre 2016) EAN : 9782343103006

À FLEUR DE SEL
Marie-Christine Quentin
Entre terre et mer il y a une ligne bizarre, une frontière au-delà de laquelle commence la fascination d'un monde « sans routes et sans explications ». Un monde de promesses et de menaces, d'une force qui peut engloutir les plus farouches volontés mais aussi déposer délicatement sur le rivage l'espoir d'une vie nouvelle.
(Coll. nouvelles nouvelles, 14,5 euros, 134 p., octobre 2016) EAN : 9782343101835

MASQUE NOIR
Roman
Christian Henri
« Quand on remonte vers la France (...) les masses de miséreux tentent leur chance pour une existence qu'ils espèrent meilleure en Europe. (...) Mais dans l'autre sens, fuir clandestinement la France pour l'Afrique (...) était bien singulier... ». Georges, passager clandestin à bord d'un cargo, ne sait pas ce qui l'attend dans cette Afrique donnée puis perdue. Ses rencontres à bord du bateau ne feront que lui confirmer que chaque quête humaine est singulière. Mais une chose le frappe : l'homme est détruit quand le désir de quête meurt en lui.
(Coll. Rue des écoles, 15,5 euros, 142 p., octobre 2016) EAN : 9782343102863

LE LONG CHEMIN DE L'EXODE
L'histoire d'un homme libre
Roman
Jean-François Sabourin
Entre documentaire et fiction, ce livre nous entraîne dans le long et douloureux voyage des exilés sur les routes d'Afrique et de Méditerranée. Du Rwanda au bidonville de Calais, le chemin est souvent sans issue pour ceux qui ne peuvent que choisir l'exode face aux exactions qui font le quotidien de leur pays. L'auteur dresse au fil des pages un panorama sur ces vingt dernières années de la misère dans de nombreux pays, au Soudan, en Érythrée, en Éthiopie et ailleurs. Son style

poétique adoucit les plaies des mots et cet ouvrage se révèle être un engagement face à ceux qui regardent et laissent faire.
(Coll. Écritures, 21,5 euros, 258 p., octobre 2016) EAN : 9782343101644

J'AI BIEN DIT L'AMOUR
Roman
Danièle Sastre
Dans son cinquième roman, l'auteure a voulu définir ce qu'est l'amour passé soixante ans. Après avoir montré qu'hommes et femmes, réunis ou désunis, ensemble et séparément, développent leurs propres façons de vivre les choses, tout en suivant son évolution personnelle, la narratrice lève le voile sur un sujet tabou dont on ne parle pas dans la littérature : l'amour. Au sens véritable.
(19,5 euros, 200 p., octobre 2016) EAN : 9782343100869

LE PAYS DE DEMAIN
Roman
Michel Bernardot
Ce livre suit la double trace d'un écrivain de notre époque, entrecroisée avec celle de deux de ses ancêtres dans la Franche-Comté dévastée par la guerre de Sept Ans, des séquelles de deux siècles de tumultes qui auront conduit un jeune couple à délaisser la ferme familiale pour participer à l'aventure de l'industrie charbonnière naissante à la fin du XVIIIe siècle. Une histoire picaresque, un *road movie* depuis les mines de houille et d'argent des Vosges comtoises jusqu'à celles des Appalaches en passant par l'immense bassin minier des Cévennes alésiennes. Le bisaïeul du narrateur poussera même jusqu'au versant ouest des montagnes Rocheuses à la poursuite de ses chimères américaines avant de revenir terminer son existence sur la terre de ses pères.
(21,5 euros, 238 p., octobre 2016) EAN : 9782343101750

VOYAGE AU BOUT DE LA MER OCÉANE
Roman historique
Henri Rech
Si le lecteur aime les histoires romanesques à rebondissements et les voyages, qu'il se plonge vite dans les aventures d'Aymeric de Fleury, jeune médecin français, embarqué comme chirurgien en l'année 1686 sur un galion espagnol de la flotte des Indes occidentales. Il y découvrira la vie à bord et ses vicissitudes, les rapports aimables ou conflictuels entre les personnages ou encore les paysages du nouveau monde à la fin du XVIIe siècle. Il suivra le héros dans sa quête d'une plante aux vertus anesthésiques dans les montagnes andines, puis voguera dans la mer des Caraïbes qui, à l'époque, était le territoire de tous les dangers...
(Coll. Romans historiques, 24 euros, 294 p., octobre 2016) EAN : 9782343100098

L'ODYSSÉE MARITIME DE LA SAINTE CLAIRE
ou les aventures extraordinaires d'un jeune paysan normand
Roman historique
Roger Charles Houzé
Il arrive que des personnages, marqués par le destin, trouvent un chemin les conduisant vers une destinée prodigieuse. Ce fut le cas de Marceau, un jeune Normand qui voulait devenir marin alors que sa famille était paysanne. À la suite d'une rencontre fortuite, il fait la connaissance d'un noble suédois qui va

le présenter à un armateur qui le teste et l'embauche comme pilotin. C'est là que commence l'aventure : il monte tous les échelons de la hiérarchie maritime et devient le capitaine d'un navire, la Sainte Claire, qui le conduira vers toutes sortes d'aventures à découvrir dans ce roman historico-picaresque.
(Coll. Romans historiques, 21 euros, 238 p., octobre 2016) EAN : 9782343079349

LE PARFUM DES ŒILLETS ET AUTRES NOUVELLES MALTAISES
Trevor Zahra
Traduit de l'anglais par Roland Viard
Trevor Zahra nous entraîne dans son univers, peuplé de jeux de réflexions, d'optiques et de dissolutions, où le rêve et la réalité se confondent, se nourrissent. Le temps de douze nouvelles, l'auteur nous fait visiter l'archipel de Malte et Gozo : sa culture, religieuse et profane, sa géographie... La mer y est omniprésente, tantôt plate, tantôt agitée, tout à la fois frontière et tremplin vers un ailleurs. Les œillets ont leur parfum. Et ce parfum, tous les miroirs nous le renvoient.
(20 euros, 214 p., octobre 2016) EAN : 9782343093994

LES ENQUÊTES DU COMMISSAIRE LA RENNIE
Fleuve noir - Encore un petit doigt ?
Jacques Delatour, Robert Tubach
Illustrations de Vautherin et Préface de Joël Vallat
Le commissaire La Rennie poursuit ses enquêtes. Deux cadavres flottent dans les eaux du Rhône, et tout indique que cela est lié à un trafic de moteurs de bateaux. Une seconde enquête nous emmène dans l'atmosphère étouffante des mines de phosphates marocaines. Un jeune Français aurait été kidnappé par des islamistes. Une demande de rançon de 100 000 euros, accompagnée de deux petits doigts coupés, est adressée à la famille. De passionnants récits !
(18 euros, 162 p., octobre 2016, illustré en noir et blanc) EAN : 9782343088068

LE MIROIR D'ABRAHAM
Roman historique
Henri Sacchi
Beyrouth, 2010. Sébastien Lord, inspecteur d'Interpol spécialisé dans le trafic d'œuvres d'art, part à la recherche du Miroir d'Abraham, prodigieux assemblage de deux tablettes sumériennes jumelles, vieilles de plus de 4 000 ans, que les hommes et les siècles ont séparées. Au cours de son périple trépidant à travers l'Europe et le Moyen-Orient, il croise les mystérieux Frères de l'Ordre de l'Estrade et doit affronter une puissante association criminelle. Aidé par une jeune Libanaise qui dissimule bien des secrets, Sébastien Lord découvre l'histoire et les fabuleux pouvoirs ésotériques du Miroir. Disparitions, attentats et poursuites ponctuent sa dangereuse mission, jusqu'à son apothéose sur le mont Sinaï, à la veille de la révolution égyptienne. Mais, dans cette singulière aventure, Sébastien Lord ne poursuit-il pas une quête initiatique personnelle ?
(29 euros, 512 p., juillet 2016) EAN : 9782343096803

PAR-DELÀ LE REJET ET L'OUBLI
D'Évariste Galois à Maximilien Robespierre
Vincent Silveira
Le jeune mathématicien Évariste Galois vient de mourir, tué au cours d'un duel stupide, pour une simple rivalité amoureuse. Silvère Agastoi, son sosie, condisciple

et frère d'armes, décide d'entreprendre la double gageure de poursuivre l'œuvre du génie disparu et du mythique An II de la Révolution. Dans ce livre, le lecteur côtoie l'ombre projetée de ce personnage incontournable de notre histoire, Robespierre le maudit, ainsi que de nombreux personnages qui se croisent et se mêlent dans un va-et-vient incessant à travers le temps.
(Coll. Romans historiques, 23 euros, 258 p., juillet 2016) EAN : 9782343092836

JÉRÔME BOSCH ENTRE SOUFRE ET HOSTIE
ou la lancinante tentation du désastre
Pierre-Jean Brassac
Ce récit où la fiction se porte au secours de l'Histoire, navigue au plus près des possibles de la biographie de Jérôme Bosch, peintre fantastique, pour nous raconter la vie et l'œuvre de cet immense artiste qui aura laissé vingt tableaux et quelques dessins encore entourés d'un épais mystère.
(Coll. Romans historiques, 21 euros, 230 p., juillet 2016) EAN : 9782343096346

L'HOMME INITIAL
Lionel Stoléru
Sébastien Le Gall, jeune banquier de 29 ans, meurt subitement. Pour revenir sur Terre, Dieu lui propose un marché original : prouver que les homme sont perfectibles et qu'ils ne méritent donc pas de disparaître. Avec ses deux compagnons, Jérémie et Brahim, il va tout faire pour remporter son challenge... quitte à chambouler le quotidien des Terriens ! Un étonnant roman.
(Coll. Rue des écoles, 19,5 euros, 200 p., juillet 2016) EAN : 9782343096957

LES TROIS CIMES DE LAVAREDO
Roman
Sébastien Mazurier
Dans l'Italie des années 1930, deux coureurs participent au Giro. Un lien très fort unit le simple Émilio, que la traversée des Alpes plonge peu à peu dans le désespoir, au rugueux Domenico, qui ne peut se résigner à vivre comme on le lui demande et ne peut s'empêcher de chercher dans l'effort une espèce de démesure. Histoire banale et tragique, où les gestes les plus dérisoires, où les rêves les plus insensés hantent ces vagabonds du sport. Lorsque des miliciens fascistes viennent arrêter Vittorio, le gamin à tout faire de l'équipe, leur tendre et douce naïveté bascule.
(Coll. Amarante, 18 euros, 178 p., juillet 2016) EAN : 9782343095417

RENCONTRES INATTENDUES
Roman
Aurore Fernandes
Sans hésitation aucune, elle a ouvert la paume de sa main et, avec un geste de rage, elle a jeté dans le bleu céruléen la carte SIM, la bague de fiançailles et son alliance. Il y eut un petit « ploc », puis plus rien, si ce n'est une sorte d'apaisement. Une accalmie. Une quiétude. Elle a longuement regardé sa main gauche. Son annulaire sans alliance. Son majeur sans bague. Le soleil est apparu furtivement. Une éclaircie dans un ciel lactescent. Comme s'il était complice. Comme s'il approuvait. Comme s'il la soutenait. Clin d'œil métaphysique… Sa vie d'avant venait de s'arrêter là, à cet instant précis. Plus joignable. Disparue.
(Coll. Rue des écoles, 16 euros, 150 p., juillet 2016) EAN : 9782343096018

L'HARMATTAN ITALIA
Via Degli Artisti 15; 10124 Torino
harmattan.italia@gmail.com

L'HARMATTAN HONGRIE
Könyvesbolt ; Kossuth L. u. 14-16
1053 Budapest

L'HARMATTAN KINSHASA
185, avenue Nyangwe
Commune de Lingwala
Kinshasa, R.D. Congo
(00243) 998697603 ou (00243) 999229662

L'HARMATTAN CONGO
67, av. E. P. Lumumba
Bât. – Congo Pharmacie (Bib. Nat.)
BP2874 Brazzaville
harmattan.congo@yahoo.fr

L'HARMATTAN GUINÉE
Almamya Rue KA 028, en face
du restaurant Le Cèdre
OKB agency BP 3470 Conakry
(00224) 657 20 85 08 / 664 28 91 96
harmattanguinee@yahoo.fr

L'HARMATTAN MALI
Rue 73, Porte 536, Niamakoro,
Cité Unicef, Bamako
Tél. 00 (223) 20205724 / +(223) 76378082
poudiougopaul@yahoo.fr
pp.harmattan@gmail.com

L'HARMATTAN CAMEROUN
TSINGA/FECAFOOT
BP 11486 Yaoundé
699198028/675441949
harmattancam@yahoo.com

L'HARMATTAN CÔTE D'IVOIRE
Résidence Karl / cité des arts
Abidjan-Cocody 03 BP 1588 Abidjan 03
(00225) 05 77 87 31
etien_nda@yahoo.fr

L'HARMATTAN BURKINA
Penou Achille Some
Ouagadougou
(+226) 70 26 88 27

L'HARMATTAN SÉNÉGAL
10 VDN en face Mermoz, après le pont de Fann
BP 45034 Dakar Fann
33 825 98 58 / 33 860 9858
senharmattan@gmail.com / senlibraire@gmail.com
www.harmattansenegal.com

Achevé d'imprimer par Corlet Numérique - 14110 Condé-sur-Noireau
N° d'Imprimeur : 137773 - Dépôt légal : avril 2017 - *Imprimé en France*